JN104651

こきゅうのように

月録詩集

2020.04-2022.01

山本育夫

思潮社

目次

2020. 04

薬缶

2020.06　不穏

2020.08

野垂れ梅雨

2021.07

こきゅうのように

2022.01

たくおん

装幀＝甘利弘樹

こきゅうのように

月録詩集

2020.04-2022.01

山本育夫

薬缶

ゆびのさき、が
黒ずんできた
目の縁とか、も
足の指

副作用が、気づかぬうちにからだ、のあちこちに微細な異常、
を
ふきだめていく、印のように
涙目になりながらねこがすりよってくるからねこねことぼく

はいい
ねこはみゃおみゃおと、副作用をなめる、だめだめそんなこ
とをすると、
うつるよ、といいかけて。
ハッとする

夕暮れまで、のまで、に感動したことがあったじゃないか
ぼくの夕暮れまで、ぼんやりと予感が薬缶からそそぎ出る、

死は日常のものなのに
なんだって特別なものになってしまったんだろうな

やつめうなぎ

あなたの詩はやぶれてしまっているんだから、散文、の森に
入ればいいいんだよ、とささやいたひとがいる、そうかな

そうかなの、
鳥が
かなかなかなかなかなかなかなかなかな
と鳴いている、とほくで
東北、で?
いやいや

ちがうという
ことばが、線状に
皮膚のしわの側溝
を匍匐前進ほふくぜんしん
する

やつめが
なつめが
めめめめめ

・
・
・
・
・

きのふ
こころというものがゆっくりと冬蜘蛛の
糸
にのっかっていた

わからない

どうしますか
と、いし
はきく

あなたがえらぶんだよ
ということばが
くっついている
もれなく

ふるえながら

薄雪からのがれてきてね
ほとぼりの
船着き場まで着いたと思ったのに
（どうしたらいいのか

水際

まどえる
星
惑星
わくせいのようにことばのまわりをまわる
こいもかくめいも
しも
だれかのまわりを、まわる
まわる、まわる

振りきれるんだろうか

2020.04
薬缶

意味の引力を

手を洗いながら洗いきれない意味のしみを
洗う、洗い出す、くいくいと
くいくい

ボーゼンと

その
ほそながいことばが
冷凍庫のなかで
冷えている
とりだしてキンキンなそれを
解凍していたら

キッチンから世界がシンとしてきた

耳鳴りだと思っていたら

ほんとに
シーンという音が
頭の中で鳴っている

その音の中に全身くるまれる
キッチン

文句

それを放出するという
海へ
もうやりたい放題
汚辱にまみれた星になる
汚辱にまみれた国民になる
放出されたそれが
ぐるぐる回って
ひとのからだのなかに
つもっているという
みんなで死んでいくなら

だれも文句はいわないさ
生き残るおとこたちが暗い目をして
収奪しているものを根こそぎ奪いたい
放出したい

うたたね

きづくと
うたたねしている
元気だけど
疲れやすい
つい
うたたね

すると元気になる
内側からモワッとなにかがたちあがってくる予感がする
予感だからね　こないこともある

こないだもこなくてしおれた
世間の風は冷たいね
おどりゃおどりゃおどりゃ　と
叫ぶ、年寄りだって叫びますよ
で、きづくとまたうたたね

勢い

なかなか入れないんだよね
ビュンビュン
むかしはすっと
はいれたのにね　見送ってばかりいる
しょうがない
駅南の商店街はアーケードをとりはずしたら
姿が見えてきて
おお、そんなんかあ
と瞬く間ににぎわいだした
雨に吹かれたほうが勢いがつくんだね

堆積

光を求めてことばが飛んでくる
灯りにあたって
落ちる

無数のことばに打撲痕
確かめながら
薄い層になっている
そこに
そっとふれる

場所

そんな顔でぼくをみるなよ、ちいさなてのひらのひと、ゆくては遠い、だれにもふれられない場所があって、そこはしんとしている、だれもこないからだ、生まれたままの姿で形容を許さないから、しんとしている、ひかりが静かに降りているんだろうね、そこまでいけるんだろうか

いけはしない
夢みるでない

喩、も生じない
なにもかも生じない

匂配を

新しくできた店は
角の坂の奥の曲がりくねった
先の
木造建築の家だった
イノベーションが施されて
全身、いつか見たことがあるような風采
だったがポリポリと
かきむしりながら
あの探偵が駆け出してきそうな
沼の気配を漂わせてもいた

訪ねたら
二度と訪ねられないような塩梅／あんばいだった

謎をかけられたように
ことばは
ふるえながら
その勾配をゆっくり下っていった

素顔の詩

森田童子の由来は
笛吹童子だった
一九七五年のNHK若い広場で本人が告げている
サイモンとガーファンクルが好きで
かれらの詩のことば
ぼくとかきみ
の使い方が
男女の意味ではなく使われているのに、
いいなと思い
自分のうたも、ぼく、で通すことに

したんだそうだ
二十代の
森田童子の声が
いま聞こえていて
ありありと
耳の前にいる

大きなステージが嫌いで小さなライブハウスばかりをめぐっていた
そして突然のように歌うのをやめてしまう
だれも知らない童子が
いる
いいなあ

謎は
素顔、を見た人は少ない
そういうことばで詩を書きたい

新島の

思いがけず
あなたが背負っている荷物をほどきだして
するすると裸になったので
ぼくは
そのまぶしいことばを
みつめるしかなかったよ
新島の
砂浜に穴を掘って
埋めた
あれから半世紀

島で撮られた映像の中であなたは笑いながらすり切れていった
斜めにかしいだ島影が最後に赤く燃えていた

負けない

その詩人の
パワハラやセクハラのニュースは隅々まで伝わっているのに
だれも知らない
知らぬ顔をして
詩を書いている
おかしいね
詩も詩人もまた蹂躙されてきた
ジュウーリン！　されてきた
散らかっていることばを
掃き清めて

押し込む
詩集はいつも死の匂いを漂わせている
集めずに
一篇の詩でジュウーリンに死を
そこまでは
遠い後ろ姿だ

ワクチンができる前に

目からはいりこむ
鼻から唇から

ときに死をまねく
ウイルスが世界中に蔓延して
足止めをくらっている
詩もウイルスだから
もう拡散を防げない
あちこちで
発症がはじまる

ドアノブ、ボタン、引き戸、イス、テーブル
あらゆるものたちにはりついていることばウイルス
マスクでは防げない
ワクチンが生まれてしまう前に
つかの間に
詩を書いてしまわなければ
詩を発症して
死を招かねば
ねばねばと

深い頭

おお！　だからぼくたちはのんびりと
穴の中で引きこもっているんだ
みんなどこかに出かけているようで
どこにも出かけられず
ひきこもリス
小さなムラで風を切ってみたって
しょうがない
詩人のような顔をして
詩を語ってみたって
しょうがないよ

深い鳥は
ぼくの頭の中の海を飛んでいる

吉凶

吉凶のほとりで
祈っている人が老いる
あんなにクレバーな人だったのに
占星術にはまり込んでいる

ぬかるみ

まちをあるいていくと
少しずつ
足元が沈んでいくのだ
ことば沼の中に
ぼくは足をひきあげ
さしこみ
しながら
ひとこと、ひとこと
ことばをさしこむ
詩を刻むように

あまりに足が重たくなるので
ときにはうぉおおぉと声を上げながら
ひきあげ
さしこむ、ことばを
見ると
ぬかるみことばはもう腰のあたりまで
這い上がってきていて
みるみる下半身は
詩になりかわっている

こだま

事務所の近くの
戦災で焼け残ったような
一角にある中華屋の二階の
手すりごしに
ぼくを見ている
見上げているぼくが

おーいと二階に向かって
声をかけると
おーいとこだまがかえってくる

そのあいだに
大急ぎで二階のぼくは
見上げているぼくに
もどってくる

引き裂かれている
感情があるんだな

ウスバカゲロウ

甲府中心街には
大きなすり鉢状の
アリ地獄があって
それがあまりにも大きいので
みんなは気づかないで
その上で日々の生活を
送っている
すこしずつ傾いて
すこしずつ
ひきこまれて

すり鉢の底にいる
ウスバカゲロウの幼虫は
日常の体液を吸って大きくなり
やがてこのまちから
羽ばたく薄く軽やかに

盲《めしい》

岡島百貨店の東側に回ると
巨大な幅の背の低い滝が出現していて
轟々《ごうごう》と音を立てていた
その水しぶきを受けながら
多勢の人々がたかっていた
（どうしたんですか
ときくと
なんでも昨夜の大雨で
藤川が氾濫して
こんなことになったのだという

あんなに小さかった川が姿を変えた
不思議なこともあるものだと思いながら
ぼくもたかってその流れを見ていたら
みんなの目から何かが出てきて
いっせいに流れに
キラキラと輝く線を引きながら
飛び込んだ

コロナの日常

ドアノブをひっぱると
ずるっとぬける
できた穴に指をさしこんで
ドアをあける、ぐにゃりと
女は不吉を感じ
裸になり着ていたものをすべて
洗濯槽に放り込むと
バスルームであちこちに付着した
コロナをシャワー
で洗い流す執拗に

女はそれから裸のまま
除菌液を部屋中の
あらゆるものに
スプレーして歩く
ベランダに出てハンモックで日光浴をする
乳房と陰毛の先で最後のコロナが
いま消えたことを感じるまで

ループ

そのひとは長い話を始めた
寝たり食べたり排泄したりはしながら
ことことことそのひとはながい、ながーい
話を語りつづけたのだ、スマホに向かって
どうしてかわからないのだが
急に人生をふりかえりたくなった
コロナの波紋かな
とそのひとは考えた
死が川べりまで近づいたのだ
唐突に、コロナ撲滅が世界戦争だとしたら

各国が他国に真っ黒なコロナ感染者を送りつけ
お互いに感染し合うという作戦は
ごく自然にどの国でも行っているだろうなと
考えた、つまり終わることのないループ
空のふちが黒くくすんで見える
晴天の日の午後のこと

ひとりの井戸

コロナはあらゆるものに付着してそこそこ生き延びているから、あらゆるものにさわることを禁じられてしまった、キスすることも抱き合うこともためらうことになる、この人は感染していないかしら？　集まることもできなくなってしまった、考えてみると対面で話し合うということはおたがいのつばを浴びせ合うことだったのだと気づいてしまった、NHKの超スローモーション映像！　さわらないで話さないで近くに来ないで、ますます切り離されて個人になることを強いられている、容易に想像できることはこれまで引きこもりと揶《や》揄《ゆ》されていた人々の生活に世界が近づいてきたことになる、だれもがその辛さも楽しさも否応なく体感せざるをえない時代になったのだ、そう思ってみるとダラダラと濃厚接触を強いられてきたいままでの世界のなんとおぞましかったことか！　分断ではなく孤立でもなく、ひとりで立ちなさい、ひとりになれなさい、引きこもりなさい、生きるに必要な最低限の消費をして、テクニックの笑いやテクニックの声がけなどはやめて、ひとりで生きなさい、つるんで大きな声で笑ったりハグしたり握手したりしないで、（それは相手を恐れているから必要な作法だ）、そんなことはすべてやめたらいい、ひとりの井戸の中に引きこもりなさい、ひとりの空を見上げなさい

手かざし女

その女はいつから事務所のドアの前で手かざしをはじめたの
だろう?
ある日、雷が落ちた、あまりにも近くだったからあわててド
アを開けたら
そこに手をかざす女がいた
(なにをしているんですか?
(あなたを守るために思念を送っているんです
(ぼくをなにから守るというのですか?
(あらゆる災厄《さいやく》からです
(それはご苦労さまですがそういうのは遠慮していますのでど

うぞお引き取り願いたいです
見も知らぬあなたにそんなご足労をおかけするわけにはいきませんしなにより、ひとが見たらどう思われるかわかりません、どうぞお帰り下さい

にもかかわらず、その女は次の日もドアを開けると右手前方に立っているのだ
そうなるとドアを開ける前にドアスコープからのぞきたくなる

ところがのぞくと女はいないのだ、そこで
ばっとドアを開けると立っている
(そうかこれはぼくの幻覚なのか?
そう気がつくまでに何日かが必要だった

しかし気がついてしまうと、そう、ある年齢になるとだれも
体験する飛蚊症！
あれに似ているなと考えることにした、目の中を動き回る蚊
のようなゴミのようなあいつ、だんだん増えてきて気になっ
てしょうがないのだけれど、そのうち慣れてきて気にしなけ
れば見えなくなる、そういうものだと考えたらそのもやもや
から解き放たれた
こうして手かざし女は次第に透明化していき、見えるといえ
ば見える見えないといえば見えない存在としてぼくの日常の
中に収まった
いまではすっかり見えなくなった手かざし女は、たぶんいま
もぼくの考えなどとは関係なくぼくの災厄を払ってくれてい
るにちがいない、ときおりドアを開けその手かざし女の中を

通り抜けるときに、ひんやりと彼女の存在を感じることがある、頼みもしないのにぼくの災厄を払ってくれているこの圧倒的な情熱の出自はどこにあるのだろう？　とぼくは一瞬そう思うのだが、ゴーグルをかけマスクで顔を覆ったぼくは手袋の先についたかもしれないあいつのことが気になり小型スプレーをシュッとしなければと、もうそのことは忘れている

2020.06
不穏

まきとる

なにかが
そろりそろりと
あるいていきました

囲みの中で
しのようなものに
見えているけれど
そこにはしはない
いまあるいていきましたからね
そうひとつながりの文字を

ひっぱって
ズルズルと
一本の線にして

熱情

いまあなたがよんでいる
それはなんですか
あなたがこころをうごかしているという
それは
なんですか

角のカフェの年代モノの机と椅子
側面に刻まれていることばが解読できなくてマスターが気に
なるんだよね読めたら読めたで読めなければ読めないでだれ
かが刻んだこのことば

だれかが想いを込めて丁寧に刻んだことばなのに読めないことば
そのことばの彫りあとにすべりこみ底から見上げると
刻みの彫刻刀の切っ先がキラキラと見えてくる
その日の光や風を反射して
おそらくは明治の午後の
職人の熱情が

刻まれた文字は印刷された文字の生き幅をこえている

ふおんふおん

くちのなかでピチピチとはねることばを転がしながら飲みこむと、喉元からすべり落ちて食道、胃を経て腸へとすすんでいきますピチピチ。イキがいいなあ。大腸は一メートル五十センチ、小腸は六～七メートル、長い旅ですピチピチ

空を飛ぶパタパタことばが東の空にパタパタ、伝えたかった無念の思いがパタパタと飛んで行くのだなー、どーしてもそう思えてしまう残念な午後だ。ぼくはポツンと公園の赤いベンチに座ってパシャリと撮る無数の黒いそれらを

地をはうセカセカことばは運ばれていく、暗い穴に潜り込んでセカセカとはりめぐらされた通路にセカセカセカセカ、世界は地中深くに運び込まれたぼうだいなセカセカことばの上に広がっている

読み解かれなかったことばは
あらゆるところに潜んで
ふおんふおんと地虫のように
低く鳴く

時節柄

いやだなあ
いやあだいやああだ
いやだなあ
むなくそわるいなあ
むなくそ
わるい
誤字誤字と庭先でことば板を切り刻む木粉があたりにさま
よっているコロナのように
キラキラと光がそれを感じているむなくそわるい
　　むなくそわるい

むなくそわるい
クソクソクソクソクソことばの
つばを飛ばすな

時代外れの金魚屋はこえをはりあげさっきから
まちをうろうろしている
角を曲がると
あちらの昭和の角から
こちらの大正の角から
声をはりあげるコロナがただよう

佐伯孝夫どこへおたちかどこへおちたか

ぼくの後ろ姿を追いかけてきた
「あすはおたちか」
あすはおたちかおなごりおしや
昭和十七年の作詞家・佐伯孝夫さえきたかお
検閲を受けて出征兵士壮行の唄として書き換え
大ヒット
おうおうおう
ぼくの後ろ姿
ざんざんと雨に濡れている
ぼくが生まれる六年前の

「あすはおたちか」

残された風景

その風景は男が走り去ったあとの風景だ
だからいまはその風景に男はいないのだが
男の体臭は漂っているかもしれない
なぜならいまその風景から
男は消え去ったばかりだから
体臭の中にコロナはいないのか？
男はどこへ行ったのか？
その風景にはだれもいないので
わからない
残された風景

なのだ
その体臭を嗅《か》ぐ

貝殻ことば

金峰湯
地の底にあるような
ラジウム鉱泉につかる
末期のじじやばばが逗留している
ことばの湯だ
地層をくぐって
この湯場にたどりついたことばが
ゆっくりと湧き出している
そのうちにじじばばの背中や尻に
びっしりと小さな貝殻のようなことばが

はりついていることに気づく
それを必死に目ではがそうとするのだが
こうにもああにも読めてしまうので
しょうもない
湯治場の二階の手すりから
見下ろすと
下を流れる川が湯アカで赤く染まっている
そのあちこちにも
よく見ると貝殻のようなことばが
びっしりとはりついている
あっと思って見た鏡の中の
ぼくの顔にも!

気持ちいい

陰謀の文法にわくわくとすべり込む
溺れてしまう
陰謀はいいなあ
おぞましいほど
練りに練った陰謀
暗く茂った陰謀
それをウーバーイーツのお兄さんが
運ぶ高速自転車でブンブン
ルール違反でブンブン送り届ける個人に
その速語に見惚れてしまう

あいつらの陰謀とぼくらの陰謀が
あちこちで
ぶつかり
叩き合う
アリの穴のように地下深く潜伏して
陰謀爆弾をしたたかため込み
ある日
『宇宙戦争』のように
地表をけ破って巨大なことば宇宙船が世界に
現れるヒカリ光線を浴びせながら
ビビビビビババババ
ビビババビビババババーンと

針を刺せ

その暗い底のそこに
とぐろを巻いている「始まりの嘘」
忖度や隠蔽や黒塗りや殺人など
あらゆる恐ろしいことばが
蠢《うごめ》いている
やがて嘘は重層し肥大して黒々と膨《ふく》らんでいく
張り裂けそうなほどヒリヒリとした表面は透けていて
奥にはおぞましい大きな目が見開いている
誰かが針を刺せ針を刺せ針を刺せと
呪文のように唱えている

針を刺せ！
パンと破裂させろ
たまらず幾千もの針の先が
降ってくる

あくび（欠伸）

あくびは伝染する
集団的な直感で？
「群居性の動物のあいだで眠る時間を互いに知らせるための
シグナルになっているという説」もあるらしい
あくびはイヌやネコにも伝染する
「古代ギリシャでは、あくびは人間の魂が
天に向かって逃げようとしているときに
起こるのだと信じられていた」そうだ
あくびをするとき、口に手をあてるのは
「魂を逃がさないようにする為だった」！

あくびは「欠伸」とも書くが
これは口を開けて伸びる、つまり
「あくびをする際の伸びをする動作に
着目した語」であるという
Wikipedia を読みながら
初夏の日差しの中
平和通り下っていく
ぼくがあくびをすると
みんなもあくびをする
あわてて口をふさぐ
たましいが逃げ出さないように

音《ね》色《いろ》

放っておけばいい
その辺りに
背後に彩られた物言いなど
そのまま滑り落ちていけばいい
バイク修繕屋のこぢんまりした空間に
押し込められた密接なことば
くっつきあって淀んでいる
店先の油に染みた土や布切れ
その臭い
遠くから帰ってきた若い呼気たちが

満ち満ちた明け方
バイク音はしばらくの間
そこら辺を漂っていて
その寂しく激した音色はどこか
永遠に描かれている

なあ、塩島

しばらくの間合いだ
沈黙が話しかけてくる
耳を傾け
気持ちも傾けてみる
世界がこちらに傾いてくる
ランチタイムにもどってきた
喧騒
傾いた体で
午後の仕事に入るのは嫌だな
塩島のグチが

いまごろゆっくりと
ここまで届く
このまま仕事も傾けて
世界も傾けてしまおうか
なあ、塩島

あふれだしている

詩はかくあるべしと
延々とつぶやいている
Ｂｏｔがある
それを読んでいると
不思議な気持ちになる
つまり
詩はかくあるべきではないと
激しく思っているということだよね
Ｂｏｔくん
そのことがよくわかった午後の

豪雨のしぶきだしぶき
詩は轟々《ごうごう》と
下水からあふれだしている

野《の》垂《た》れ

雨の国道だ
ザンザンと棒が落ちてきて林立していく
なにもしないと決め込んだまま
潜り込んでいたが
押し出されて歩き出してしまった
(世界が動いている!
情報が次々に押し出されてくる
眼前のモニターに渦巻いている
ことばが動いているのだ、それが見える
ことばのむこうには

リアルな世界がはりついているはずなのに
雨の国道に立ってぼくは
びしょ濡れの白いシャツのように
野垂れてへばりついている

そんなランチ

そこのところは
ゆずれない
一線、というものがある
そう思っているのに
その線を指でつまみ
傘の影の中で向こう向き
（なかなか雨が上がらないね
ながーいながーい
雨ののりしろ
天気のほうに折り曲げて

ペタンとすまし顔
（ほら、上がったでしょう？
ふりむいて笑う

吉野家の牛丼の上に
積乱雲がもりもり
あふれている

戻ってくる

夕方の窓際には
植物たちが押し寄せ
ざわざわと騒いでいる
それを犬たちが
バウワウと怪しんでいる
巷が騒々しいのは
ステイホーム！　といわれて
いわれたとおりにステイしていた若い人たちが
ゴー！　といわれて
飛び出して奇声を上げているからで

犬のように従順だ！
しかしこの間、人がいなくなった自然は
瞬く間に回復して域を越える

人がいなくなれば
戻ってくるものたちがいる

邪悪なシミ

その邪悪な気配は
まちの隅々まで張り巡らされ
あちこちでセンサーが
悲鳴を上げている
ひとたちはみんな
暗いシミがついた体を
ひっそりと洗っている
見透かされないように
明け方、眠れない目を見開いている

やがて巷で不測な出来事が
頻発《ひんぱつ》するようになるだろう

そうかな

雨の厚さで川がぱんぱんにふくれている
あふれだして巷に巣食う不安を
増幅する
自然は理不尽であるが
憎悪は人事へと向かう
それにしても
なんという無力だ
せめてことばをいじっていればそのうち
あふれだすだろう
いっせいにありとあらゆることばが

世界中から
そうかな

路上にて

おびやかすものが
路上からあふれ出ている
ひとだまりがあると
あわててもどってくる
どこまでもどればいいのか
わからぬ不安
いろいろなものを
閉じて
閉じて
ないことにする

カンキンカンキンと声に出す
ことばはいまさびしいな
路上で雨に打たれている

肌ざわり

その植物の一帯
おうおうと繁茂している
雨の肉厚にいい気になって
ヨコへヨコへ
携帯が鳴り声がもぐりこんでくる
緑の中のことばの奥行きまで
分け入って
見つけ出す
緑陰、りょくいん、という
ことばを

するとと涼しさがサーッと
こちらに向かって吹いてくる
その肌ざわり

水ことば

女は
ここよ、ここ、このホースから
あふれだしているでしょう?　こうたどると、ほらこのビル
の中からよ
ずっと、もうずーっとあふれているのよ、おかしいじゃない
(どう考えても
のぞき込むとホースは暗い部屋の奥に消えている
警備員のおじさんが、どうしたのーという顔をつけて近づい
てきたので、
これですけどね、どうしてずーっとでっぱなしなんですか、

とこちらも顔を近づけておじさんのこころをのぞき込む
あーこれねー、おじさんの声が遠い遠い角度から降りてくる
ひそませて
実はね、この建物の地下に湧き出しているんだよ、なぜだか
わからないけれど
それがたまるからこうして吸い出しているんだよタコみたい
に、といって歯をむき出してくつくつと笑った
あふれた水がゴボゴボとにわかに沸きたって
なんかのことばに聞こえた

ドロドロ雨

おそれおおくも、 と骨董品屋のオジイは声を張りあげた
店中にところ狭しと置かれているコットウたちがざわめいた
そもそも、 とオジイはつづけた
どれどれ、 とそれからオジイはいって席をたった
ことばは中空に放りだされたまま
すこし身をよじらせた
ひとけのないまちにドロドロと雨しぶき
（とどめを刺されたなあ
オジイの声が地を這《は》いながら
店先で息絶えた

ボーゼンと

くつがえす、覆す
夕方になると右翼の宣伝カーが毎日がなりたてる
海ゆかば、軍艦行進曲、予科練の歌、おさだまりのアジテーション
反覆する、ハンプクする、はんぷくするのだ
くりかえされるといつの間にかそれが日常になる
うるさいなあ、から、おや今日はまだこないのか
夕方になると、遠い戦地で戦っている人たちのことを思い浮かべる
ことばが引き寄せたリアルだ
コロナ世界大戦の渦中の人として
いつのまにか戦っている人になる

（くつがえすことができるのか
ことば虫を皮膚の下からほじくり出すことができるのか
夏の多方通行路の真ん中でボーゼンと

あてもなく

すいとる
ことばから
余韻とかふくらみとかものがたりとか
そして、スカスカスカスカ
のことばであらわそうとする
なんかやわらかそうな気配を
明日のこともわからないから
またに両手をほうりこんで
うずくまる
あおあお

あかあか
スキキスイカ
いたずら書きをする
路上でこころに

かりりと

ひとすじ奥の野菜屋さん
暗闇の中にこうこうと光があふれる
場所だ、そういう居場所
さんさんごご
ことばが集まってくる
無農薬の土くさいことばが
かりりと
噛まれていく
こいつで胸をこじ開け
たまっている感情を

とろりと深夜の店先に
とろ、とろしたい
(生きづらいものね

皮を剝《む》く

樹木は樹木の中に年毎の樹木の姿をそっくり保存している
だからアーティストは樹木の皮を剝くことによって
何年前の樹木の姿でも剝き出しにすることができる
人もまた人の姿を人の中に保存しているのだろうか？
人の皮を剝くことによって十五年前のぼくの姿が
現れるなんてことがあったりして
（あったら怖いけれど

ほとほと

ちいさな庭奥の
苔むした暗がりの濡れ縁に
座っている
長雨に飽きた姉が
いっそのこと、と
裸になって

雨が全身からしたたり落ちて
姉の曲線をなめるように
浮かび上がらせ

おとといの
豆腐屋のほうに
流れていく

ほとほと
困ったものなのだが姉は
崩《くず》れないいまま
こちらを見ている

声のひも

その木造の橋桁を
濁流はうちつづけ
まもなく土手はじゃじゃめに
決壊、けっかいして
あふれ出し
その地響きの中から
声のようなものが
聞こえてきたのだという
その声のひもをたぐりよせて
まきとり

織物にして
首に巻きたい

丸十パン

ほーいほーい　湯気が立つような　メロン
メロンパン　が　プルプリと　ふるえている
あけてくる　寒気の匂い

議事堂までは　さびしい細道　ゆられながら
だれもかれも　パン　片手に　身をかがめて
さらに細く細く
削っていく　身を

このあたりから　そのあたりまで　と

こう　線を引いて
陣地とする
陣地
（敵ばかりしか見えないけれど
あのあたりも　そのあたりも　脆弱な
沼地ばかりだ　土を盛って　植えた
詩ばかり

芝刈り
刈った　あとが　薄くラインを光らせているけれど
ほら　こうして細い指先で　つまんで　あげると
つーんと　むこうまで　ひきあげられるよ
キラキラと

一行のように

メロンパン　メロンパン
ぱくぱく　こんどは　ちいさなひとたちが　まっしろく
たべてぬけるよ　こぼれるように
このまちから
ほーい　ほい

イノセント

ギャラリーイノセントは
垂直に　ピュア　に　のたうちまわって
しかるべき　すじ　というものを
引いた
命名はアーティスト清水誠一さん
ギャラリーのロゴも　清水さんの描き文字だ　確か
その　どこかあどけない　顔　みたいな
字　を　かざして　横側から　見てみた
最初の日　やまもとぉ　という声が
小淵沢の森の中から　ゆっくりと

受話器の向こうから　ゆっくりと

銃口を出したまま　訓練する　米軍機が　低く低く
這うように　視界に日本人は見えていない　敵が
疾駆している　敵　しか見えていない　銃口

清水さんは　受話器の向こうから　止めどなく
ことば弾を　発射し続け　永遠に
ことば　を　吐き続けるんだよ　だよ
眠れない　れない　ああ　清水さんは　苦しい　んだな
それが　痛いほどわかる　から　つきあいたい　んだけど　すると
毎晩　声が聞こえてくる　向こうから　眠れ　なくなる　ぼくが

十年前の　災厄の日に生まれた声　もまた　いろんなひとに
電話を　かけている　んだろうな　だろうな　気がす　る
ゆっくりと　這い出して　眠れない　ひとたちの　たましい
のような　ものが　うわうわと　かけて　くる　んだろうな　だろう
な

清水さんの　眠れない　ことば　が　たましい　の　ことばが　ゆらり
と
四十五度に　傾いたりし　ながら　やっ　てくる
健康な　生活者　たちの　日常は　明るく排除　する　ことで　守られ
て　いる
忘却　したり　喪失　したり　笑ったり　しながら　守って　いる　の
だ　必死に

あるとき　清水さんの　たましい　の　声が　つぶれた　音がした　聞
こえ　た
それが　聞こえ　た　それ　が　すみません　すみ　ません　すみませ
ん　す　みません
耐えられ　なくて　なん　ども　携帯受話器の　バッテリー　が切れて
途切れ　た　声が　グシャッって　予想して　それで　声が　もう届か
ないと偽善　して　眠りに　落ち込むこ　と　ができ　た

ギャラリーイノセント　は　いま　も
健在だ　清水さん　のロゴ　イノセント　も
雨風に　打たれ　て　もちこたえて　いる
それに　ときどき　さ　わる　いなくなった

清水さん　に　さ　わる　さ　わ　る

降りてきたひと

ぼくは　見上げ　た　大和証券　の広告塔　が
ぐんぐ　んと　ぐん　ぐ　ん　と
空を　刺し　ていた　そ　こから　空　が開かれ　て　い　た
さまざ　まな　も　の　が　ひらひ　らと　地上に
しずか　に　降っていた　降って　い　た　たたっ
ひとりのひ　との　か　こんだ　両手　に　つもっ　ていく
見知ら　ぬひとを　そのひ　とは　たいせつ　に　た　いせつ　に
つつん　だ　こころ　の　よ　うな　もの　で　ぼ　く
は　そ　れ　を　み　て　いた　たっ　たた　っ

さわる

この世の　あらゆるもの　には
ことばが　ついている　つけたのは　ひと
つけられたほうは　いい迷惑かもしれないな
ことばはない　んだね　考えてみたら　ほんとうのほう　には
つるつる　の　すっぴん

左官のおじさん

ゆるいスロープを　くだって　左に曲がる
左が　息を吹き返し　始めている
春が　左に　曲がる　左折禁止　という
標識もあるけど　ボキッと　折って　笑う
あちこちで　ボキッ　という　音が　聞こえる
ランチタイムで　ひとが　移動　する
ひとも　左に曲がって　左のお店に　入る　入る
左利きの　女優が　こちらを向いて　笑う
左利きの時代よ　その左手のアップ
左利きの詩　が印字されている

右岸から左岸へ　小舟が　懸命に　世界を　漕いでいる
だけど　左遷　なんて　ことばも　やってきたぞ
漢の劉邦は　左に　遷《うつ》された
がんばったのにね
左官のおじさんに　塗りこめて　いただきましょう
まずは　白壁を　きっちりと

幽霊の憂い、あるいは憂国

空には空の憂いあり　この胸のポート　にも
ポートの憂いがあるぞ
憂いは幽霊　ゆ　うれい　のなかにも　ある
甲府駅ショッピングセンターCELEO
にだって　幽霊が　でるトイレがある
鏡に　見知らぬひとが　うつって
困ります　と　投書が　ヒュンヒュン　届く
憂いは　こころのなかに　ある　から
しらないうちに　育つ
レジのおばさんの　こころにも　憂い

鮮魚売り場の　おじさんにも
切れる包丁にだって　憂い
おお　包丁にだって　こころがある！
包丁の憂いに　斬られたいぞ

気がついたら　憂いが　こんなに
たまって　いました
　いました

憂いを帯びた目って　どういう目ですか？　と
Yahoo 知恵袋に質問した　モノノフさん
それにベストアンサーした　晶さん
2011／1／27　21:55

モノノフさんは　憂いに　衝突した
憂いを帯びた目　に　やられた
そのひとの　憂いに
2021／3／18　4:06
のぼくの憂いが　重なった

気がついたら　憂い　が　こんなに
こんなに　こんなに　こんなに　こんなに
　　　たまって
　　　　　　いやがる

詩は非常時である

エレベーターが壊れたから　外階段を使うほかなかった
と　男はつぶやいた　外階段はそんなふうに
非常時に！　効く　詩の非常時にも　効く？
外階段を　降りながら　詩は考える
詩の　非常時！　とは何か？
階段の途中で　詩は
（詩は　非常時　であります
と囁くような声で　精一杯　発声　したのである
春らんまん　コロナの跋扈《ばっこ》する　日本で
あの　詩は　詩ではない

裏返せば　戦争詩　ともいえる　あの詩は
災害時でも　戦時下でも
意気揚々と　ハイライトを浴びながら
書かれつづけるであろう
だれも　非難　できない　状況下で
声高に　だれも　非難できない　ことばの加勢を得て
称賛を重ねていく　あれらは
詩ではないよ　役割だ　くれぐれも　いっておくけれど
子どもたちよ　詩は　非常時である
詩ではないものが　跋扈《ばっこ》している
詩はようやく　外階段を降りて　界隈に
足裏を
　ピタッと

つけた
ばかり

血が出るほどには

こんなところに　こんなにおおきな
尖った葉先？　が　怖いなあ
刃先が　いっぱいだ　モリモリ　の
勢いだ　ここらあたりで　盛会　であっても
声は届かない　な　ここらあたりじゃ
だれも通らないし
訪れる人もいない　東の方からも
西の方からも
この葉先は　なにに向かって
とがれているんだろうな

ハリネズミみたいに
食欲　は　わかないな
思わず小動物の　臭いをさせて　歯を　研いでみるけれど
わかないな　食欲　この界隈では
見向きもされないな
奥京のランチをおえた　お客さんがぞろぞろ
楊枝なんかを　ぶら下げて
お　っと　この植物に　ぶつかりそうになる
チッと　指先がにじんだ

血が出るほどには
覚悟　が必要だな
（あなどれない

愛《め》でない

桜を見上げると　無数の目が
こちらを
見ているようで
気味が悪い
といったのは　確か賢治だ　だ
賢治の暗さは　底無しなので
みんな
だまされる
上澄みだけ　救って
いい気なもんだ　だ

桜の　ふたを　開けると
錯乱が　こぼれ　でる
桜吹雪を　浴びて　いると
こぼれでた　さくらん　に
はりつかれるよ　よ

（花は　気味が悪い

生き　延びる　ために
たくさんの　しかけを
かけている　る
花に　つかれた　ひと
花の　しもべに

なった　ひと
永遠に　かえれないよ
よ

するする

たてものは　たてに　立っている
空を　たてに　裁《た》っている
空は　どこまでも　空だなあ
なんでも　吸い込んでしまう
地球さえも
空のほとりで　星を
釣っている　のか　も
一歩　歩めば　一歩　っぽい
ぽい　っぽい
生きた気がする　するする

おや?
空から　おりてきたよ
糸が　するする
ネコのように
そっと
ふれる

滲《し》みる

遠くのストリートで
転んだひとがいる
遠くなのに
いやにはっきりと　それが
見えた　見えてしまった
アクシデントのように
ぼくに　ふりかかった
だれかが　ふりかけ　かけたか
だれかが　見知らぬ　遠くの
ひとの顔を　アスファルトに　かっと

打ち込んでしまった　か

（音は　届かない
（血の色も

そろそろ
夕暮れなので　救急車が　闇に
薄く滲《し》みている
ぼくの　目も　滲みてきた
ふりかけた　だれか　が
だれなのか
気になる　だれだ

くめいか

茫洋とした光景を　さしだす
ひとびとが
われもわれもと　おしよせる　る
おしよせる　おしよせる　る
群衆！　おお　ぐんしゅうに　なる日
ものいわぬひとびと　ひとびと　びと
びとびと　びと　びと　が
おしよせる　日
茫洋　とした　びとびとは
群衆となり！

くめいか　くめいか　くめいか
くめいか　を　びとびと
朝の　陽光に　ひとつまみの　ことばを　のせて
びとびと　は　ひとびと　となり
きぼ　う　うききぼぼうう　う
という文字が　かぐわしい　においを
発したのだ　生まれたばかりの

曇天丼

曇天が好きだ　どんてん
鼠色の雲の間から　ぼわんと
明るい気流が湧き出して　わいわい
空全体が　ぱっと　輝き出す　なんという
曇天　だ　だっ　その光を　浴びていると
不安やおののき　が　嘘のように消えていく
健康なぼくが　がっ　健康な心身で　立っている
だから　青空は嫌いだ　青空のような人が　嫌いだ
澄み切った目をした人が嫌いだ
（湧き出すようなものが　ない

ぼくは　折れた釘がすきだ　破れた靴がすきだ
モノクロームがすきだ　病んだ心がすきだ
うつむき　かかえこみ　向こうを向いている
孤独がすきだ　こどくには　毒が潜んでいるし
ひとりには　鳥が住んでいる　だから
ひとりは　空に飛び立てる　んだ　んだ　んだだ
建物と建物の間がすきだ
そこから見える　切り取られた　曇天が　どん
すきだ　そこから溢れ出して降ってくる　ことば
が　すきだ　すきだ　そのことばに
健康な心身が　しんしんと　うがたれて
穴だらけになる姿が　すきだ　すきだ
（健康な心身は

（無意識なんだよ
心身を意識したことがないから
無頓着
無理解
寄り添った
つもり
つまり
ほっといてくれ
ぼくはへそまがり！
偏屈でつむじまがり！
と書いたところで
思い出した
へそ曲がりのへそは臍《へそ》じゃなくて

「綜麻《へそ》」なんだよ　だよ
「綜麻」というのは　紡いだ麻糸を　糸巻きなどに
巻きつけたもののことで
普通はきれいに均等に巻き取れるものだけれど
ひねくれた人　まあ、ぼくみたいなね　がやると
巻き取り方にムラができたり曲がってしまったりする
そこから〈ひねくれ者〉のことを「へそ曲がり」！
というようになったんだって　知らんけど　ど
ぼくは　そういう　もの　だ　だ　だだだ

そこに

そのひとは　さっき　そこに
天から　おりたった　ひと　のように　靴底が少し
浮いていた　ぼくは　それを　近づいて　見て　確認して　さわった
おお　そのひとの　靴底は　少しだけ　地　から　浮いていた
ぼくは　そこ　を　指し示し　しめし
めを　あげたのだ　そのひとの　すがたを
あおぎみる　ため　に　そのとき　ある詩人の
そうげん　な　詩の一節　が浮かんだが　そのことばは　いかにも
パワーハラスメント　めんと　に満ち満ちた　詩語
であり　周囲のことばを　威圧するかのような　腐った　沼のような

詩語　だった　った　あからさま　に　そのことが　実感　できたのは
のは
逆光の　シルエット　に　うかびあがった　そのひと　の
しわざに　そういなかった　った　なんという　おびただしい　しご
たちが
しょうようされ　つづけてきたことか　だれもが　文句のいいようのな
い
場所　の　ことば　収容された　ことば　ぶんぶん　と
くそ騒がしい　しご　たちが　もうもうと　わきあがる
広場の　そのひと　の　まわりが　一陣の　竜巻のように
風を起こして　つぎの　瞬間　ぼくの　指し示した　手のカタチだけが
凍りついて　残された　そこに

反射光

植物の葉が緑なのは　さしてくる　緑の光を　植物が
吸収しないで　反射　してしまうから　その反射光が
ぼくらの目に届き　植物の葉は緑　と　にんしき　される

ぼくらが　ああ　きれいなみどりだなあ　いやされるなあ
森の中にいると　こころがやすまるなあ　と感じているのは
植物たちの　戦略　いってみれば　まんまと
まんまと　ぼくらは　とりこまれているのだ

もし　植物たちが　赤の光も　青の光も　緑の光も　必要とするならば

すべての光を　吸収してしまい　反射光　はない　すると
植物たちは　黒い葉を　もつ　こととなり　森は　文字通りの
黒い森　になっていたにちがいない　ない

ということは　とぼくは考える
チューリップの花が赤いのは　チューリップが赤い光を
反射するから　赤いのだ　反射することが　チューリップの　戦略なのだ
赤を好きな　あいつが　引き寄せられてくる　クルクル

詩だって　とぼくは考える　詩だって　いろんなことばを　反射している
読んでいるひとは　詩人が　反射した　ことばを　読んでいる
反射したことばを　好きな人が　吸い寄せられてくる　くるくる

こどくのまど

こどく　のなかには
どく
がすんでいるから
きを　つけないとね　ね

たぶん　これから
じんるい　は　はてしなく　とほい
とほーい　こどく　の
たび　を　つづけることになる　だろうから
こどく　が　しずかに　ふりつもる

ながーい　ねんげつ　を　日常として
この　地上
ウイルス　が　しずかに　ふりつもる
ことば　の　森に　すふーっと　舞い降り
こどく　の　どく　が　ながれる　けつえき
という　えき　で　つぎの　すふー、を　待つ
待つのです　す　すすっ　と　ここここ

こどくのくるみのなかでことりゆたかなゆめをこくられるひと
くるみの　走行

ときおり　ロードサイドにたまっている　ひとびとびとと
ゆれたりしながらね　火を囲んで

ひとり　の　まどを　つぎつぎに
あけながら　こどく　のまど　の　まど
のまどのたび

祭《まつり》囃《ばや》子《し》

きどく　と　いま　でた　きどく　と
きのどくに　しずかに　光っている　きどく
なのに　へんしん！　は　こない
まつ　まつに　こころが　ひきよせられて
あけがたの　海のようなにおいが　おいかけてくる　る
まつ　の　まちに　風が　ふきよせる　る
きどく　から　まつ　が　ふきだしている
ああ　あのあたりにすむ　あのひとが
きづいて　きどく　したんだね
あけがたの　窓の光

すこし　ねむたいめで
きどく
なのに　へんしん！　しない
しゅわっち　むくむく
巨大怪獣と
戦わない
アベンジャーたち　も　こない
こない
（報復者
まつ　のまちの　じゅうにんは
まっている

つおーい
つおーーい
つおーーーい

なにかが
くることを　ことを　コトコト
一晩中　まっている
きどく　のまたたきを
見つめ　ながら　コトコト

（こわい　わいわい
（しわい　わいわい

祭囃子が　しゃんしゃん

こきゅうのように

深呼吸をして　一息つく
こきゅう　がひきだす　ひゅうひゅう　という　おと　が
天空を　わたり　あれこれ　ひきつれて
ほうほう　と　みみやめやはなやくちに　さわりながら
それぞれの　器官　に　記憶を　うえつけ
そこここに　ちいさな　ものがたり　が　はじまる
みみやめやはなやくちに
それが　ひとのよの　あちこち　で
つむがれたシーン　の　ことばになって
だれそれから　はきだされる
ああ　そうだったのだ　あのとき　あそこの　あの

蛇口を　ひねったのには　わけがあったのだ　わけが
ほとばしる　水が　はじけて　あなたの
胸に　かかり　あなたが　ちいさな　こえをあげたのにも
そこから　いまのここ　ここ　まで　ひとすじに　つながっている
なにもかもが偶然　ではなかった！
それは　おどろくべきことではないか　こきゅうの
きしみ　きしみの　みみやめやはなやくち　それぞれの　器官
器官の記憶　記憶の触手　あのときの　あの　ことば

ことばは　あなたの　くちをかりて
この世に　出現　したんだね
なにもかもが　必然の
こきゅうの　よう　に

たいらな　ほしは

いんゆ　か　はかれた
ことは
か　ならんている
なつの　ほしは　えんえんと

ときに　ひからひて
ささくれも
めたつ
（とおく　に　しおのにおう　りはつてん　か　つなかれている

もんたいは
ささくれ
まえ
に　つきてる　レリーフみたいな
ことは
イメージ　する　る
あるいは　よこに　すへる
ことは　を

それか　はしまり

2022.01
たくおん

しょくとう

うすいなあ　せなかか
さむい　こそはゆい　ゆい
（なつ　たというのにね
うちみすは　ていねい　にするんだよ
ことは　に
かからないように

りゅうさんたちか　ふさけなから
かいかん　とおりを　やってくる
ほうけん　か　あみたくし

みたいに
ひきあてられる
いりくんでいるから
きょうり　は　はらはら　なんたろうな

たらたら　ランチタイムかすきて
にきわいは　ひきしお
のこされた　しょくとうの　おかみさんか
せっせせっせと　くちゃくちゃ

しんせいを　かるく　おとたてて
かみなから

ならへる

ゆうくれの　はしのほうを
きさんて　カルピスに　かける
すこし　ピンク
それを　ストロー　て　ちゅっ
ちゅツッパ

こともたね
たね
たね

みんなて　うなすく
おと　かさ

さ

さ

さ

それても　これから
やみ　にむかって　いくんたから　さ
もんの　まえて　おと　に
ききみみたてて

すきゅん

2022.01
たくおん

わらわら　ことはをひろいあつめて
ならへる

れいめん

なめす
なまかわ　から　とんとん
ひきはかして　うすく　うすーく
あめいろの　ことはに

つかえないのは　なきこえ
くらいたよ

「一八六七年（慶応三年）五月
外国人に　牛肉を

供給していた中川嘉兵衛が
江戸荏原郡白金村に屠牛場を設立した
これが日本における近代的屠場の最初といわれている」

その中川嘉兵衛さんか
そういったのた

つかえないのは　こえ
たけ

ことはの　とさつ
うすく　なめし　ひらひら　の

そのかいわいて　つっめたーい
れいめん　を　たへます
つるつる

*注　「」内 Wikipedia を参照

2022.01
たくおん

しのふことは

「福田平八郎の《雨》」
かわらやね　に
うてき
たいらた
もくりこもうとしても
もくりこめない

しすくは　かわら　にしみこみ
そこに　ととまっている
まっている　しすく

やねのしたの　せいかつ　は
きえている　る

からからと　とをあけ
あめのあさかはしまる
はしめの　ことは　は
おはよう　おはよう

ようよう　ことはの　しみ　を
ぬく
それを　たいせつに　くるみ
ポケット　に　しのはせて

2022.01
たくおん

しのふ　こい　に
もんもんと　おちていく

しのひよる

あけかた　まで
きんしょ　のコンビニか　さわいていた
あかるさか　いくつもに　きりぬかれて
ひとかた　のようにまちを　あるいていく
とおくまて　いくんたね
もうかえってこなくていいんたからね
やみを　てらしなから　こくとう　のあたりて
つきつき　にきえていく
こくとう　にはしんやトラックか　おともなく
ぬるぬると　ときれることなく　はしりすきていて

そのヘッドライトの　ひかりにすわれてしまうんたろうね
くにのやることといったら！
たれかのつふやきも　うそうむそう　わいわいと
すいこまれていく
もうためなんたろうね
もうためなんたろうね
もうためなんたろうね
しのひよる
ゆうわくの　ことはか
いままたコンビニからひきはかされて
トコトコとあるいていく
トコトコと　こくとう　まて

はんかの　しみ

あけたてのことはを
あつっ　といいなから　たへたね
さむいなつ　たった　ほそいみちか　すーっと　こまきれに
とおくまて　つついていたよ
こころほそい　かんしょうまて
すいつくされてしまうような
ほそいなつ
とこかの　かそくか　わいわい
すれちかっていった　おとか　そこらへんに
いつまても　いつまても　こひりついていた

これから　とこへいこうか
ひとつ　ひとつ　ひきはかしなから
ふたりて　まえをむこうとしたけれと
まえは　にほうこうに　つついていて
とほうにくれる

てんぷらやのとなりは　うとんやさん
くれたほうこうを　うとんて　こころに　なかしこんて
ゆっくり
ゆっくりとね
かんかえれはいい
かんかえれは　ね
ほそいかせかすっと　すーっと　とおりすきる

みちのはして
あせることはないさ
なるようになるさ
なるさ

なつやさい

「すへてのかくされたものはあはかれる」
とんなに　かくしても　かくしきれない
やったことは　さはかれる
かならす

そのひとは　まっすくに
ためらうことなく　あるいてきて
こう　ゆひを　のはして
さししめす　す
にけきれない　い

ひまわりの　はなの　まわりを
まわっている　ことはは
きいろ
きんるいの　まわりを
あるいている　ことはは？

あけかたの　さかなやの
ちょうりたいの　うえに
ならへられた　ことはは
ちのいろ
のろいのいろ
（さはかれる

すへての　かくされたものたちは
さはかれる　る
るる　るるるる　る
こう　ゆひを　のはして　て
さししめす

（とおくの　なつやさいか
（しすかに　しんていく

へいてん

しょくふつえん　から
もとった　あなたは　わらっていた
くさのにおいを
たくさん　みにまとって
うれしそうに

あきに　とときそうな
ひのひかり　くもの　きらめき
えんらい

おお　そんなものか
うみへを　はしる　てんしゃ

それから
いつまでも　ないている　ぬけから
あつめて
ひょうほんにして
しゅくたいは　おわった

さて　しょしょう　は
みせしまい

パタン

と

おとたてて

2022.01
たくおん

しゅんかんの　おう

ことはは　いみをひきよせる
ことはは　しめりけ　をこのむ
とんなに　かんそう　させようとしても
しみたす　いみに　かひていく
ことはは　はいこを　もってしまうから
はいことは　いみたから
ししんよ
いみのぬまに　おほれるな
いみなといくらかさねても　しんしつには
たとりつけない

いみは　とんそくて
ほしゅてき　た
おお　ひとひと　よ　ひとひと
いみから　のかれよ
ふりほとく　ちからを　きたえよ
いみか　うちよせる　うみへて
ハイクからおりて
せんしん　を　さらしなから
むいみ　の　はなひ　に
ひをつけろよ　ろよ
むいみ　の
しゅんかん　のおうに
かけろよ　ろよ

2022.01
たくおん

へっていく　かこ

そのひとの　ことは　か
ふくらんてきたから
もう　しゅうてん　には　まにあわないね
このまま　そこらへんて　ねむろう
タンホール　を　しいて
しんふんし　をかけて
ことは　の　ぬくみに　まもられて
よあけは　ほら　そこまて　おりてきている
てか　ととくところまて　まて
てを　て　てを

くうに　およかせて
ゆめからさめる　る　るる

あのころ　ほくたちは
なにをおいかけていたんたろう
あんなことや　そんなことまて　して
すいそうのなかのさかな　の
めか　め　め　めか
みすかしている

かことは　いつも　けんさいの
てりかえした　かこは
かきなおされた　けんさい　た

そうして　かこは　こんひにの　ランチのように
しゅくしょう　されていく
かいてんすし　の　すしのように
しゅくしょうされていく

おお　せかいは　しゅくしょう
されていく　そのふん
しふん　か　おおきくかんしられるね
あなたはそういい　すこし　わらった

さち

たったっ　たった
あしおと　か　おいついてくる
たれの　おとか
ふとうはたけ　の　なかのみち
おいつき　おいこされる　る
おいこしていったのは　たれ?
うしろすかた　しか　みえなかった　た
たったっ　たった

たれか　か　うたっている　る

こえか　つきに　おいかけてきた　ららら

いつも　なにかか　おいかけてきて
おいついて　おいこしていく　くくく

ゆめは　はかない　と
たとぅー　を　いれた　ちふさ　か
ゆれている　んたろうね
そのたひに
そのたひに　さちあれ　れ

れ

とおい　ていほう　から
いぬとひとと　こちらを
みている

みんなに
さちあれ　さち　あ　れ

2022.01
たくおん

やけこけ

ほくか　むちゅうてしのはなしを　しているとき
あなたはおそらく　こうかんしている
（きょうは　けんきね　こえのはりもいいし
あなたはいつも　そんなふうに
ほくのことはのいみ　てはなく　ほくの　そんさいを
まること　みてきたんたね
こんなにとしかはなれているのに
はなれていたから
あなたは　ほくの　ことはの　いみ
しゃなくて　ほくの　そんさい　を

まること　りかいして　きたんたね
あねのように　ははのように
あなたの　その　きょりか
すくいたった
あなたの　そのつよさか
とんなに　ありかたかったか
いまのうちに　しるしておく
おくよ　ことりと　えんかわに

えんかわには　いぬやねこや
ついてに　いろんな　ことはも
なかれつく
ほくたちは　そんな　まほろしの

2022.01
たくおん

えんかわて　おそい　せんこうはなひ　を
たいた

やけこけ　か
ここに　のこってる
ほら　ここにも　も

はいほくしゅき

そのとおりの　ろしょうは
まっしろな　カラスの　ふん
カラス　か　えかいた
トロッピンク　か　いちめん
のみち　た

あおきみると
まっくらな　そらに
まっくろな　とりのむれ
せんは　は　いようか

2022.01
たくおん

くらい　そらのなかで　さらにいように
くらい　そらに　おちこみそうなほとに
くらい　おおきなくちを　あけてかふさってくる　る
せかいのはて　のような　この　はしょ

ぬけたせるのか
ほくらは　ほくらの　こころ　を
むしはんている　この　したい　から

ほくらは　はいほくしゅき　に　つかまえられていないか
はいほくしゅき　は
うつくしいけれと
うつくしく　まけるわけには　いかない

とまったまま　えいえん　の　はいほく　に
しはりつけられて　うこきたせない
そんさい　なのか　か
かなしはり　かなしはり
とけない　のか　のか

あしを　ひきすりなから
はきけ　に　たえなから
からす　に　かんしされなから

ほくは　まけるわけには　いかない
いかない

2022.01
たくおん

かくめい

しを　にちしょう　に
しはりつけてしまったら
たれか
か　かくめい　を
おこすんたろう

しは　ピチピチ　おとたてて
にちしょう　を　くいやふり
こんな　ほしゅしゅき　の
せんしか　のような

にちしょうに　ぬいつけられた
あんねいなと
くそくらえったら　くそくらえ

しを　にんしょう　て
しはりつけている　きもちわるい
わるい　しょうたん　である　る
くさり　くさり　と
せなかから　さされる

せなかから　しか　ふきたすよ

しを　にちしょうに

しはりつけてしまったら
たれか
かくめいを
おこすんたろう　ろう

くつかえされた　ほうせきの
ような　あさ

くういのもり

しを　くうい　のなかに
おしこめてしまったら
たれかそのもりから
しを　ひきずりたして
くるんたろう

にほんは　ほつらく　した
ほつらくしつつけている
にほんを　くういのもりから

2022.01
たくおん

すくいたすには　とうしたらいいのか
にほんは　とんとん　すへりおちている
とめられない

なのに　そのことを　こくみんは
しらない　くういのもりに　いるから
きかつかない
あちこちから　くすれたしている　すなか
さわさわと　おとたてて　なかれている
かたにさわると　くすれる
たてものも　くるまも　みちも　ひとも

さわさわと　なかれおちている

しをくういのもりに　としこめたのは
たれか
そんなもりは　たたきこわせ
ししんこと　たたきつふせ

せかいには　みちのもりか　たくさんある
たんけんかは　てかけていくか
みちは　いつも　みちかにある
みちは　ほら　めのまえに
たっている

2022.01
たくおん

しをおもえ

しはこうあるへきたと
ひゃくまんかいとなえるひとよ
せんまんかいとなえても
しはつかまえられない
しはその　あるへき　のあみめの
そと
にすむ　そとの
のをかける　かける　る
ものたから
おお

マンネリスム！
ほうたいな　しこ　たちか
ひょうちゃくした　わんかん
ひょうりゅうする　たいへいよう
しこ　に　うめつくされた
うみのしたは　ひかりか　ととかない
やみ
そこを　うおたちか　はしりぬける
キラキラと　ひかりをまとって
それか　し　た
おしよせ　たいりくにくいこむ　プレート　をおもえ
はなの　なや　しゅもく　のなに
つかまえられるな　そんな　なつけられた

しょくふつ　なと　に　きを　ゆるすな
にけこむな　ののもりを　おもえ
ののもり　やせいの　もりを　おもえ
おもえ　しを
し　をおもえ

たくおん

たくおんのひょうきか　うまれたのは
へいあんしたい
たらにきょうのなかに
はしめて　たくおんひょうき　かあらわれた

むらさきしきふも　せいしょうなこん　も
たくおんのない　へんたいかなの　まさった　かなもして
けんしものかたり　や　まくらのそうしを　かいた
んたろう

「いつれの御ときにか女御更衣あまたさふらひ給けるなかにいとやむこ
となき、ハにはあらぬかすくれてときめきたまふありけり
（日本語千夜一夜～古代編～小林昭美《あきよし》）」

ちなみに「たいにほんていこくけんほう」なとの　ほうれいふんしょは
「てんのうはしんせいにしておかすへからす」のように
たくおんぬきて　ひょうきされていた　しょうわのしたいまて
たくおんぬきのひょうきは
ふるくて　あたらしい

こともののころ　けいさつかん　のむすこ
とうきゅうせいの　ふるやくんか
ちょうせんしん　ちょうせんしんしん　と

ぱかするな　おなし　めしくって
とこ　ちかう
とうたっていた
たれに　おそわったのか

いつのまにか　ほくも
おなしめしくって　とこちかう
とうたっていた
きまって　あかいゆうひか
こうしゃをそめていた

たくおんを　ぬくと　ちゅうこくや
ちょうせんの　ことはを　おもいうかへる

いみは　なかなかおいつかない
いみをひろいあつめながら
さかしながら　しふんの　しを
つくる　しふんの　いみを　つむく
いみにからみつかれたら　そこから
はてしなく　とうそう　する
とうそうする　る

せんしか

かえりきわに　ゆめの　つつきのように
おおきななみか　さふんさふんと　かいか　まて
なかれおちてくる　おいかけられて
これはゆめてはない　ゆめてはない
とおもおうとするか　やはり　ゆめなのた
たから　さめるまて　ほほを　つねりつねり
かえさないわよ　というこえに
おいかけられることにもなる

とおりには　しょかの　さっくりとした　めいあんか

そんさい　し　その　あん　から　めい　へ
ふみたすと　やんやんと　せみしくれ
ひしょぬれの　ここ　てある

あちこち　て　とーん　とーん　と　はなひ　のおと
そうかとおもったら　てれひ　から　なかれたした
せんそうの　おと　たった
まいにち　まいにち　なかされる　えいそうと　ほうたん　のおと　は
にちしょうの　ように　にほんにも　なかれおちる
めのまえに　せんしゃか　とおりすき　このさきの　ワインこうしょう
に
ひはしらか　あかる　とーん　ととーんと　とーん　ととーんと

ふえふきはし　か　ほうらくした

てれひから　せんそう　か　ふきたしている
あかい　にくへんか　とひちっている
したい　か　ころころと　ころかっている

ふみたすと　にちしょう　か　せんしょう　に　なっている
せんそうの　にちしょうに　ならされている　るるる

＊本書は、詩誌「博物誌」に発表された、小詩集「薬缶」「不穏」「野垂れ梅雨」「こきゅうのように」「たくおん」を収録したものである。同じく「博物誌」発表の小詩集を集成した『ことばの薄日　月録詩集 2019.09-2020.2』と同時に刊行する。

（編集部）

山本育夫　やまもと・いくお

詩人、ＮＰＯ法人つなぐ 理事長

一九四八年二月十一日、山梨市生まれ。
詩集に『驟雨』（紫陽社 栞／岡田隆彦 八〇年代詩叢書）、
『ボイスの印象』（書肆 博物誌 栞／吉本隆明、神山睦美）、
『造本詩集 新しい人』（二孝エディション フランクフルトブックフェア出品）。
『HANAJI 花児1984-2019』（思潮社）。
個人編集詩誌「博物誌」編集長（一～五十一号）。

こきゅうのように

月録詩集
2020.04-2022.01

著者
山本《やまもと》育夫《いくお》

発行者
小田啓之

発行所
株式会社思潮社
〒一六二-〇八四二 東京都新宿区市谷砂土原町三-十五
電話〇三-五八〇五-七五〇一（営業）
〇三-三二六七-八一四一（編集）

印刷・製本
創栄図書印刷株式会社

発行日
二〇二三年八月二十日